ALLA CITTA' DI CASTELLAMMARE DI STABIA DA SEMPRE NEL MIO CUORE ED ALLO SPIRITO NAPOLETANO CHE MI PERVADE

SOMMARIO

INTRODUZIONE

DOVEVA ESSERE UNA PIACEVOLE VACANZA NELLA TERRA D'ORIGINE ED INVECE UMA NUOVA AVVENTURA COINVOLGERA' EDDY MURPHY

PROLOGO

UN ODORE PENETRANTE D'ERBA ASSALI' LE LORO NARICI. GIRATO UN ANGOLO, DISTESI SOPRA DEI TAVOLACCI, TROVARONO DELLE LENZUOLA CHE COPRIVANO DELLE PIANTE

- SVEGLIA ENZO QUESTA E' MARJUANA

GIOVANNI CARRESE

IL DETECTIVE MURPHY ED IL CASO DELLA VILLA DI AURANO

CAPITOLO 1- NOSTALGIA D'ITALIA

Eddy era con Cindy nel loro bel soggiorno della splendida casa in Manhattan.
Dalla vetrata, che si estendeva per tutta la larghezza del vano, si poteva avere un impareggiabile vista su Central Park e in quella radiosa giornata d'inizio estate, l'intero appartamento ne beneficiava.

Anche l'umore dei due ragazzi sembrava risentirne positivamente e si trastullavano con battute vicendevolmente scherzose:

- Allora Miss, vuole degnare questo povero detective della sua compagnia in una passeggiata nel parco?

- Oh ma questo piedipiatti è un po' troppo pretenzioso!- E nel dire questo si avvicinò a Eddy con un ammiccamento malizioso.

Erano trascorsi ormai sei mesi da quando Eddy l'aveva salvata da morte quasi certa per mano del mafioso Alan Scorzese e Cindy era finalmente rinata, tornando ad essere radiosa e bellissima, come quando aveva iniziato la sua attività di top model.

Andandole incontro per abbracciarla, Eddy inciampò nel tappeto ed urtò con il ginocchio il tavolino di cristallo posto davanti al divano e fece rovesciare il cocktail .

- Uhao che male!!

- Sei proprio il solito, lo stesso di quando ti ho conosciuto. Ricordi?- E accorse per abbracciarlo.

- Beh sei insensibile al dolore del tuo cavalier errante.- Un lungo e appassionato bacio suggellò quella piacevole schermaglia.

- Senti Amore, volevo proporti un viaggio alle mie origini.

- Senti, senti; qui la cosa si fa intrigante! Abbiamo delle origini da andare a scoprire. Dimmi un po'

- I miei genitori sono nativi di una città della provincia di Napoli in Italia. Difatti il mio cognome originario è Marraffino ma una volta arrivati a New York hanno voluto americanizzarlo perché pensavano di potersi meglio introdurre nella società e dare poi a me delle prospettive in più, sdoganando così il nostro cognome.

- Ma non mi hai mai parlato dei tuoi! Sono ancora qui?

- Purtroppo sono morti dieci anni fa in un incidente d'auto. Papà era riuscito ad andare da poco in pensione e stavano andando in villeggiatura nel New Jersey ad Atlantic City ma...non ci sono mai arrivati.

- Oh Amore, mi dispiace. Tu vivevi con loro? Hai fratelli?

- No, sono figlio unico. Ero già entrato in polizia e vivevo da solo in un bugigattolo.

- Come mi sento fortunata con la mia numerosa famiglia che comunque mi è stata sempre vicina!

- Certo, le famiglie numerose sono un bel dono perché nel momento del bisogno ti fanno sentire il loro calore ed affetto. Forse è proprio per questo che voglio andare a trovare i miei parenti che di fatto, anche se li ho conosciuti poco, nel momento della disgrazia mi sono stati molto vicini. Sai, quando vivevo con i miei, non c'era domenica che non si faceva una telefonata agli zii d'Italia e ci scambiavamo battute, e si rideva, e i miei parlavano in napoletano...e- così parlando Eddy si commosse e non poté far a meno di rendere la voce tremolante e gli occhi pieni di lacrime.

- Amore, andiamo in Italia! Voglio conoscere da dove nascono le origini di questo splendido uomo.

CAPITOLO 2 – IL VIAGGIO

Quel pomeriggio di fine Giugno era perfetto per iniziare l'avventura Italiana dei due innamorati.
Ancora uno splendido sole nel cielo azzurro di New York, con una leggera brezza proveniente dal mare, era l'ideale per iniziare il volo transoceanico.

- Amore sei pronta? Non abbiamo più tanto tempo a disposizione per andare al JFK.

- Sì tesoro, ho inserito le ultime cose in valigia e finisco di truccarmi. Se vuoi cominciare a portare i bagagli in auto, scendo subito!

- Ok. I biglietti li ho io. Ti aspetto nei garage.

Avevano un volo della Delta e Air France in partenza alle 18.30 con uno scalo al CDG in Francia. Sarebbero arrivati a Capodichino alle

11.30 ora italiana.

Lasciata l'auto al parcheggio del terminal 1 si portarono al check-in della Delta per imbarcare i bagagli:

- Caspita Amore, ma non è che hai messo anche l'armadio nelle valigie? Pesano un'enormità!

- Sempre nel limite del consentito; d'altronde non posso presentarmi ai tuoi parenti, per quasi un mese, con quattro magliette- e strizzò l'occhio sorridendogli.

Trovarono i posti assegnati vicino all'oblo di quell'aeromobile ,non di ultima generazione, ma tenuto molto bene. Ogni seduta aveva di fronte il mini visore con la possibilità di vedere vari film in lingua, e lo spazio tra i vari posti era più che sufficiente. Si poteva prospettare un comodo viaggio.

- Beh raccontami un po' di questa città dove andiamo, chi ci verrà a prendere, chi mi farai conoscere, cosa mi farai vedere.

- Allora, premesso che io sono andato in Italia in tutta la mia vita quattro o cinque volte, sono sempre stato a casa di mia zia, sorella di mia madre. E' sempre stato il punto di riferimento e la sua casa il luogo di partenza per conoscere poi i magnifici dintorni. Allora, la città si chiama Castellammare di Stabia, provincia di Napoli in Campania. E' una bella città affacciata sul mare con una ampia passeggiata con vista del Vesuvio. Nelle belle giornate nitide è possibile vedere Capri ed Ischia. Alle spalle della città invece si erge il monte Faito da dove sgorgano delle ottime acque curative di cui la più rinomata è l'Acqua della Madonna.

- Caspita, un nome altisonante per un'acqua! Perché?

- Si vuole che quest'acqua benedetta fosse quella che bevevano i navigatori che si apprestavano a lunghi viaggi, proprio perché l'acqua manteneva a lungo tempo le sue caratteristiche organolettiche. E' una acqua naturalmente effervescente, limpida, inodore e dal sapore leggermente acidulo: sembra abbia anche qualità curative per la diuresi e i calcoli renali.

- Per la miseria! Chissà quanta gente verrà a visitare il luogo dove si raccoglie.

- Lasciamo perdere! A quanto mi dicono i miei cugini una volta c'erano delle terme che erano visitate da parecchi turisti ma ora è tutto abbandonato e nessuno se ne cura.

- Come mai?

- Forse interessi poco onesti, o nessun privato che ha voglia di investirci per non cadere semmai nel mirino di gente disonesta.

- Dai raccontami ancora della zona.

- Altre specialità della zona sono: biscotti o gallette secche che, appunto, i naviganti ammollavano nell'Acqua della Madonna e i più famosi hanno una forma a sigaro; e poi c'è la famosa pasta di Gragnano, comune nelle primissime vicinanze di Castellammare.

- Beh questa la so! Anche a New York l'abbiamo trovata.

- Sì, è vero anche se non sempre quella che troviamo è della migliore qualità.

Passarono parecchio del tempo del viaggio chiacchierando, narrando aneddoti e ricordi legati per Eddy alle sue origini, descrivendo bellezze naturali di quelle terre, dei pregi ma anche quelle che erano purtroppo le brutture che ne avevano caratterizzato nel male, la sua fama.

Arrivati al CDG di Parigi, ma senza il tempo necessario per poter fare anche solo un piccolo tour, attesero nella sala di aspetto che fosse chiamato il volo che li avrebbe portati a Napoli, cosa che avvenne circa un'ora dopo.

- Beh, ancora non mi hai detto chi ci verrà a prendere all'aeroporto?!

- Verrà mio cugino Enzo con cui ho un rapporto bellissimo, abbiamo legato subito già da piccoli e, anche se ci siamo visti appunto pochissime volte, è come se fossimo cresciuti insieme. Vive con moglie e figli in casa con mia zia, che è ancora in buona salute a

95 anni. Quando ha saputo che saremmo andati a Castellammare, si è reso subito disponibile a farci da guida per tutti i tour che vorremo fare. Sai, non vede l'ora di conoscerti perché non ci crede che sono riuscito a conquistare una bellezza così.

- Beh, ti è costata un po' cara la mia conoscenza, ma sicuramente ne è valsa la pena- e scoppiarono a ridere abbracciandosi.

- Ma dove alloggeremo?

- All'Hotel Miramare; mi ha detto Enzo che è bellissimo, rifatto da non molto. Ho fatto una ricerca in internet e dalle foto direi proprio che è favoloso. Vedrai, sarà uno splendido soggiorno!

CAPITOLO 3- IL CUGINO FRATELLO

Appena sbarcati dall'aeromobile, andarono a recuperare i bagagli che, senza intoppi, avevano seguito correttamente l'itinerario.
Giunti fuori dalla zona arrivi si ritrovarono proprio di fronte ad Enzo che, scherzosamente, aveva un vistoso cartello, come usano fare i tour operator, con scritto "Mr Murphy, big detective, and his wonderfull wife Cindy".

Quando Eddy lo vide, non poté far a meno di scoppiare a ridere e precipitarsi ad abbracciarlo.

- Non sei cambiato per nulla, sei sempre il solito buffone! Ah,Ah,

- Anche tu non sei cambiato per niente, il solito imbranatone! Hai lasciato indietro la fantastica Cindy e qui a Napoli, ci vuole niente che te la "*scippano*" bella com'è!

- Amore, vieni ti presento il mio mitico cugino Enzo

Enzo era alto quanto Eddy, sicuramente più robusto, fattore dettato con molta probabilità dal piacere della tavola che, in quelle terre, era un segno di distinzione: "*Chi non mangia o non sta buone o annascunn qualcosa*". Occhi color castano, capelli scuri, viso perennemente abbronzato dimostrava meno dei suoi 45 anni.

Con un inglese un po' maccheronico disse:

- Mi devi dire la verità, come ha fatto questo provolone di mio cugino a conquistare una ragazza così bella e con tanta classe come te?

Quasi arrossendo Cindy, stando al gioco, disse:

- Credo che mi abbia drogata con un drink e da allora sono nelle sue mani. Ah, ah,ah

- Voi due, avete finito di prendermi in giro?!

-Noi scherziamo, ma noi siamo, qui si dice, "*fratem cuggine*" che vuol dire che siamo come fratelli. Ci vogliamo bene da sempre anche se non ci siamo visti poi tantissime volte ma, quelle volte, sono state molto intense e cariche d'affetto

- *Uè e mo* che fai? Ci dobbiamo commuovere?! Dai portaci a Castellammare

Il viaggio verso la loro destinazione durò un' ora che trascorse piacevolmente raccontandosi di tutto, di come erano passati quegli anni; anche Cindy partecipò piacevolmente facendo sognare a Enzo di quell'America che, prima o poi, avrebbe voluto conoscere.

Arrivati a Castellamare, si diressero subito verso l'Hotel

- Direi che per pranzo e pomeriggio vi lasciamo liberi di riprendervi dal Jet Lag, ma stasera siete a cena da noi, se no chi la sente a "nonna Anna"

-Vabbè, ma mi raccomando non esageriamo che non siamo abituati

- Tranquillo ma *"avite magnà tutto"*, perché se no facciamo il cartoccio e ve lo portate in albergo. Ah, Ah.

Salutatisi, entrarono nella magnifica hall. Dalla vetrata che si affacciava sul golfo di Castellammare si poteva ammirare anche la splendida piscina a sfioro, illuminata da lampioncini stilizzati in acciaio, come in acciaio erano anche le ringhiere. La struttura era estremamente moderna e raffinata con ampi spazi conviviali, divanetti e poltroncine in bambù. Presentatesi alla reception e disbrigate le formalità di registrazione, furono accompagnati alla loro stanza che era al 3 piano. Anche la camera era estremamente moderna, dove il bianco e il blu venivano esaltati. Le pareti bianche, il pavimento in ceramica bianca, un lungo mobile bianco con minibar, televisore piatto anch'esso bianco, facevano da contraltare al letto che, nel centro della stanza, portava un arredo blu come le tende che abbellivano la vetrata al lato destro del letto. Sopra il letto una tela da 2 metri per 60 cm rappresentava un mondo floreale con esplosione di colori. Sul balconcino che si affacciava sul golfo, vi erano 2 poltroncine ed un tavolino in acciaio. Invece subito vicino alla porta d'ingresso, alla destra della stessa, vi era un ampio bagno, con una mezza vasca a idromassaggio , in un angolo una doccia estremamente moderna e funzionale, doppio lavandino incassato in un mobile, ovviamente bianco. In tutto l'ambiente vi erano solo faretti in controsoffittatura.

- Amore, è stupenda

- Sì, veramente notevole. Senti, ora facciamoci una doccia e riposiamoci un po', poi vediamo se riusciamo a fare una merendina con qualche delizia locale. – disse Eddy.

Dopo aver riposato nell'ampio lettone, scesero nella hall per ritirare i documenti e rilasciare la chiave della stanza.

- Signori la cena sarà servita dalle 19.30 sino alle 22- disse il receptionist

- Grazie ma stasera saremo fuori a cena. Invece sa indicarmi una buona pasticceria?

- Certamente signore! Gran Caffè Napoli in fondo alla villa Comunale, proprio difronte alla "cassa armonica"

- Cassa Armonica? Che cos'è?- chiese Cindy

- E' una struttura architettonica creata nel fine '800 ove venivano svolti concerti ed incontri culturali per la popolazione.- rispose l'uomo da dietro il bancone.

- Benissimo, andiamo subito a verificare la bontà delle paste. Grazie mille- e salutarono avviandosi verso l'uscita.

Un fresco venticello allietava l'aria di quel pomeriggio solare e passeggiare nella villa comunale era veramente gradevole. Le persone camminavano a gruppetti, chiacchierando piacevolmente ad un ritmo che per i due americani, sembrava incredibile, tant'è che dovettero rallentare la loro camminata, per non sembrare degli alieni. La villa comunale aveva ampie aiuole, con alte palme e fiancheggiava l'arenile che per lo più era diventato un prato. Giunsero al Gran Caffè e al bancone della bellissima pasticceria trovarono un vasto assortimento di dolci- Cosa desiderate? . disse un cameriere zelante

- Io vorrei una pasta frolla e per mia moglie vorrei farle assaggiare un pasta riccia-

- Uhm! Che differenza c'è tra le due?

- Sono entrambe con ripieno a base di ricotta fresca ma mentre una ha la classica forma a conchiglia , la seconda è tondeggiante e la pasta frolla, su cui viene data una spolverata di zucchero, è morbida e soffice, da sciogliersi in bocca. Ma attenzione, a differenza della riccia, qui l'interno è rovente.

Gustarono con piacere le paste che accompagnarono con un ottimo caffè seduti ai tavolini interni del locale.

Trascorsero il tempo rimanente alla cena dalla zia passeggiando , tenendosi per mano.

Giunta l'ora convenuta si portarono all'abitazione che era in una strada vicino alla villa comunale. Furono accolti con calore ed entusiasmo da tutta la famiglia. La zia si commosse nel rivedere suo nipote che le ricordava nei lineamenti la sorella; la moglie di Enzo ed i figli furono carinissimi con Cindy che si sentì subito ben accolta. Una cena ottima, con tante prelibatezze e senza eccessi, venne gustata da tutti con vero piacere.

A fine cena, mentre le donne in cucina si deliziavano in chiacchiere, Enzo ed Eddy , gustando un rum ed un sigaro cubano, ricordavano i vecchi tempi.

- Senti, ti ricordi la villa di Aurano? Mi sembra di ricordare che ci sei venuto .

- Sì, mi sembra di ricordare una riunione della famiglia a festeggiare qualche compleanno.

- Sì, è vero. Beh mi vuoi accompagnare domani? E' un po' che non ci vado.

- Sì, perché no, ci vengo volentieri.

CAPITOLO 4- LA SORPRESA

Uno splendido sole illuminò la stanza quando Cindy aprì i tendoni che facevano da oscuranti, mentre un assonnato Eddy, mugugnando, si rigirò sul fianco.
- Ma è l'alba! Chiudete la luce- farfugliò

- Ma che alba, sono le 9 e 30 e ti ricordo che hai promesso a tuo cugino di accompagnarlo in quella villa di non so dove.

- Sì, sì. Ma è presto.

- Dai su alzati , che ho voglia di una abbondante colazione in quella meravigliosa sala che ho intravisto giù. Uhm, non pensavo di averti così rovinato ieri notte, evidentemente non hai più il fisico per certe battaglie.-

Repentinamente Eddy si alzò di scatto cercando di agguantare Cindy, la quale riuscì a sgattaiolare in bagno per far la doccia, lasciandolo con la sola blusa del suo pigiama tra le mani-

- Beh sappi che ce ne vuole per farmi secco-

- Muoviti don Giovanni da strapazzo, ah ah

Scesero mezz'ora dopo nella sala da pranzo, dove tavoli rotondi e quadrati, apparecchiati con tovaglie bianche con sotto-tovaglie blu, avevano al centro tutte un richiamo floreale fresco. Anche le poltroncine erano drappeggiate di bianco così come le pareti e alcuni pilastri divisori. Sulle pareti che delimitavano l'ambiente vi erano 2 quadri su tela che raffiguravano due uomini intenti nella lotta greco romana antica. La splendida vetrata si affacciava sul golfo dove un mare azzurro e calmo riluccicava.

Fecero appena in tempo a terminare l'abbondante colazione che nella hall si presentò Enzo :

- Allora, piccioncini, siete pronti?

- Lo prendi un caffè?

- No, grazie, già presi 2 e sono solo le 10.

- Dai allora andiamo. Tu Cindy che fai?- chiese Eddy

- Ah non lo sai?- intervenne Enzo- Luisa ha promesso di farle visitare i migliori negozi di Napoli, per cui, stai tranquillo, sapranno come trascorrere il tempo..

Mezz'ora dopo, a bordo del Suv BMV di Enzo, stavano percorrendo la strada che da Gragnano, passando per la famosa piazza dei pastai, si inerpicava verso i monti Lattari dove Aurano e Castello erano state in origine due frazioni che i Gragnanesi avevano costruito per difendersi dalle invasioni barbariche.

- Che magnifici posti, ancora immersi nella natura selvaggia

- Sì, qui abbiamo ancora luoghi dove i locali fanno dell'ottimo vino di Gragnano, come anche olio e formaggi, nel modo più naturale e tradizionale possibile.

Chiacchierando piacevolmente si ritrovarono difronte all'ingresso della villa quasi senza essersi accorti del tempo trascorso. Enzo scese dall'auto per aprire il cancello e poter parcheggiare all'interno. Dopo aver tribolato un po' disse:

- Dai scendi e dammi una mano, che mi sa che la ruggine ha fatto il suo

Dopo qualche tempo riuscirono finalmente a far scivolare sul binario il cancello e così poterono entrare.

- Caspita ma è davvero tanto tempo che non ci vieni?!

- Sì, anni fa ci venivamo a fare qualche grigliata, quando i ragazzi erano piccoli; ora presi dal lavoro e con i "*uaglione*" che non ti seguono più, l'abbiamo abbandonata. Ma voglio vedere com'è messa perché vorrei farci delle foto e metterla in vendita.

Attraversarono l'ampio terrazzo che era cosparso di foglie e terra raggruppati in mucchietti, trasportati dal vento e aggregati negli angoli più disparati. Arrivati al portoncino d'ingresso questi aveva una saracinesca a fisarmonica per custodia e Enzo armeggiò non poco con la chiave per aprirla.

- Strano, ma non è stata chiusa bene l'ultima volta! Mo' bisogna vedere se sono stato io o zio Totò, che ogni tanti ci veniva su.

Riusciti ad entrare andarono subito a liberare gli ampi androni e finestroni dai pesanti tendaggi per far entrare la luce del sole. Immediatamente si liberò nell'aria un pulviscolo azzurrognolo che sembrò fluttuare leggero per poi scivolare sui vari arredi: poltrone, tavoli, credenze.

- Beh c'è un po' di polvere!

- Ok, non mi avrai fatto venire fin qui per dare una spolverata?

- *Ehi, te faciss male*!- e si misero a ridere.

- Penso che comunque le foto le possiamo fare lo stesso!- e presa la macchina fotografica, Enzo cominciò a scattare varie inquadrature.

- Pensavo di iniziare a metterle sui siti on-line di vendite immobiliari e poi, se non si muove nulla, di affidarmi a qualche agenzia.

- Da noi il "FOR SALE" funziona molto bene con le agenzie immobiliari le quali fanno a gara ad accaparrarsi le case, si interessano di tutte le pratiche e per te che vendi, praticamente non ti costa nulla in quanto è tutto a carico del compratore. Il mercato si sta riprendendo veramente bene.

Chiacchierando e scattando foto passarono in rassegna tutte le stanze della villa che aveva 4 camere da letto, 3 bagni , una ampia cucina attrezzata di tutto punto, anche se con un arredamento vintage.

- Beh, dai è ancora una bella villa- disse Eddy – dovresti poter realizzare bene

- Qui non è semplice, devi trovare l'appassionato della zona e che ha voglia di investire un po' di denaro anche in un minimo di ristrutturazione. Bah vedremo! Andiamo di sotto in taverna che vediamo com'è messa.

Giunti nell'ampio locale sottostante, un odore penetrante d'erba assalì le loro narici.

-*Eh ch'ere st'addor*? – disse Enzo guardandosi attorno

- Uhm, ? Strano- rispose Eddy

Girato un angolo, distesi sopra dei tavolacci, trovarono delle lenzuola che coprivano delle piante.

- Ma che piante si è messo a coltivare zioTotò?

- Eh che non hai capito di che si tratta?- disse Eddy ridendo ed ammiccando.

- Io non la conosco sta pianta ! Di che si tratta? Sento solo che "*fete*"

- Sveglia Enzo, questa è marjuana!

- No! Ma che dici ? zio Totò è anziano, te lo ricordi? non può essersi messo a fare ste cose

- E chi ti dice che è stato lui? Guarda dietro quell'angolo. Guarda quanta ce n'è appesa ad essiccare. Questo è diventato un deposito.

- Oh mio Dio e chi ce l'ha portata?!

- Rifletti! Pensando alla saracinesca d'ingresso, penso sia stata forzata; hanno approfittato che la villa è da un po' disabitata e l'hanno fatta diventare un deposito di una coltivazione dei paraggi.

- Porca miseria! Qui nei dintorni ci sono parecchi controlli dell'antidroga, proprio perché la zona è diventata di coltivazione illegale della cannabis, e se fanno una perquisizione, sono rovinato.

- Stai tranquillo! Ti consiglio di non fare nulla di azzardato. Se questo è diventato il loro deposito, sicuramente è sotto controllo: pertanto ora sanno che noi sappiamo. Qui dentro c'è un capitale enorme.

- E quindi? Che dovrei fare secondo te?

- Ora che ce ne andiamo, lascia un bel cartello sul portoncino con su scritto: "portate via questa roba se no vi denuncio"

- Ehm, e quelli la portano via?

- Che interesse avrebbero a rischiare?

- Vabbè facciamo come dici tu!

Preparato il cartello lo fissarono al portoncino d'ingresso, chiusero il tutto e ripartirono per Castellammare, e per tutto il viaggio Enzo fu silenzioso e scuro in volto.

CAPITOLO 5- L'ERRORE

Arrivati a Castellammare, Enzo lasciò Eddy davanti all'hotel con la promessa di risentirsi per organizzare qualcosa nella serata.
Prima di ripartire, si soffermò ancora a riflettere sulla vicenda e poi, preso forse dal panico, pensò ad una soluzione diversa. Compose velocemente il numero di Vincenzo, un suo collaboratore alla pasticceria che aveva in Gragnano.

La Pasticceria " DA LUISA" era un ampio laboratorio dove si producevano tutte le specialità locali. Enzo aveva portato avanti quella che era una tradizione familiare ormai da più di un secolo e mezzo; nata come fabbrica di cioccolata con produzione anche di uova pasquali di enormi fattezze con inclusa sorpresa, avevano nel tempo apportato novità e varianti. Quando Enzo ne aveva preso la gestione, aveva investito in macchinari ed ammodernato gli impianti iniziando anche a produrre gelati ed ora, con buon vanto, poteva fregiarsi del titolo di migliore pasticceria della Penisola Sorrentina, addirittura sorpassando in qualità e fantasia la rinomata Gelateria Gabriele di Vico Equense ricordata anche sul Gambero Rosso.

- *Ciao Vicie', tiene che fa'*?

- Buongiorno don Enzo! No, *stev ripusando nu poch, poi agge piglia servizio giù al laboratorio.*

- *Vabbuò nun te preoccupà! Fatti trovare pronto fra 5 minuti abbasc' che dobbiamo fare un servizio.*

- *Cumme volite vuie don Enzo.*

Cinque minuti dopo con in macchina il giovane aiutante di laboratorio, stava ripercorrendo la strada per la villa di Aurano.

- Certi *fetient* mi vogliono rovinare. Hanno messo marjuana a casa mia, capisci, a casa mia!

- *Uh maronne! E che vulite fa?*

- Dobbiamo farla sparire prima che qualche spifferata faccia arrivare la polizia per una perquisizione.

Arrivati alla villa, rientrò velocemente nel parcheggio, aprì la serranda ed il portoncino e poi guidò Vincenzo giù in taverna.

- Mamma mia don Enzo! E quanta ce ne sta! Qui ce ne sarà per 400/500 mila euro.

- *Azz, sai fare pure le valutazioni*!

- No è che ogni tanto qualche spinello e, sapendo quanto costano....

- Sì sì, *vabbuò*! Prendi quei sacchi vuoti che li riempiamo e li portiamo via.

Riempite i sacchi e caricatili in auto, dopo aver ripulito l'ambiente e richiusa la villa, ripartirono alla volta di Gragnano.

- Cosa intendete farne don Enzo?

- Per ora le porto al laboratorio, poi con l'oscurità, le portiamo in spiaggia e ci diamo fuoco.

- Un falò bello *carestuso*!- sorrise Vincenzo.

Nel fare la manovra di innesto sulla statale, non si accorsero di un auto che, parcheggiata sul ciglio della strada, avviò il motore e li seguì a debita distanza.

Arrivati al laboratorio di piazza Matteotti, scesero dall'auto e trasferirono i sacchi all'interno.

- *Vince'*, mi raccomando acqua in bocca, non farti scappare niente con nessuno!

- State tranquillo, don Enzo!

- Ci vediamo stasera.

- Come volete.

Vincenzo era un giovane di 18 anni, cresciuto arrangiandosi in mille lavoretti, più o meno leciti, per racimolare qualche denaro a sostegno della sua numerosa famiglia ; il padre era assente, rinchiuso com'era a Poggioreale, la madre, dalla mattina alla sera, si adoperava come donna di servizio in varie famiglie, tutto per sfamare i 5 figli. Il lavoro che Vincenzo aveva finalmente trovato al laboratorio di Enzo era veramente una manna dal cielo, in regola e sufficientemente retribuito. Ora quell'improvviso quantitativo di droga aveva suscitato in lui delle bramosie. Tra se e se:

- E che sarà mai se ne piglio *nu poch pure pe' gli amici miei*!- dicendo così trasferì alcuni rami in un altro sacco, che nascose in un angolo del laboratorio, poi trasferì gli altri sacchi dentro la cella frigo, come gli aveva ordinato Enzo. Poi prese il cellulare e compose il numero di un suo amico:

- *Pasca', stasera verso le 10, fatt' truva a marina chine 'e denaro che tengh robba buona.*

- *E che te misa a fa ? Hai cagnate mestiere*?

- *Tu nun te preoccupà! Vien carico e vedrai.*

Subito dopo telefonò Enzo che disse:

- *Vince'* ci vediamo a mezzanotte per quel servizio; ho pensato che andiamo alla spiaggia di Pozzano, là a quell'ora non ci vede nessuno.

- Va bene, don Enzo come volete voi.

Enzo chiamò Eddy per organizzare un'uscita a quattro per andarsi a gustare una buona pizza da quella che era notoriamente riconosciuta come l'Università della Pizza a Metro ovvero da Giggino a Vico Equense. Avuta conferma, si ritrovarono alle 20 all'Hotel e si avviarono sulla panoramica di Castellammare per raggiungere il paesino della costiera. Era una splendida serata con il sole rosso fuoco che stava ormai per tuffarsi nel calmo mare; un fresco venticello allietava la serata.

- Che spettacolo! Come si fa a non innamorarsi di questi posti- disse Cindy che non staccava gli occhi dal panorama.

- Motivo in più per venire spesso a trovarci- disse Luisa abbracciandola.

Giunti alla pizzeria Eddy e Cindy rimasero sbalorditi dalla grandezza del locale che era posto su 2 piani e con un ampio giardino: il tutto permetteva di ospitare oltre 400 persone.

- Perché pizza a metro?- Chiese Cindy

- Perché te ne preparano di vari tipi, dividendola in settori e ne mangi a seconda della fame che hai- rispose sorridendo Luisa.

Trascorsero piacevolmente la serata anche se Enzo non fu molto loquace, pensieroso com'era. Avevano taciuto alle donne del ritrovamento della marjuana più che altro per non spaventarle e Eddy aveva intuito che quel fatto lo aveva turbato.

Vincenzo nel frattempo, preso il sacco con le piante che aveva messo da parte, inforcato il motorino, si avviò per raggiungere la spiaggia dello scoglio di Rovigliano a Torre Annunziata. La strada era deserta e buia e solo le luci del motorino e di una macchina che seguiva a distanza, illuminavano la striscia d'asfalto.

Arrivato sotto il ponte da dove si poteva accedere alle spiagge, spense il motore e raggiunse l'arenile; trovò facilmente Pasquale che stava attendendo fumando una sigaretta.

- *Uè Vicie' allora che tiene*?

- *Guarda ca'*!

- *Azz e quanta ne tiene! Ma è robba buona*?

- *E nunn 'o vire scem com'è bella fresca. Chest'è robba e primm qualità*

- *Uhm ce potimm fa un bel po' di soldi*!

- *Nu mument! Io nun tengh tiemp a perdere. Se la vuoi te la prendi! Mi dai 1000 euro e te ne fai chell che buò tu* !

- 500 subito e gli altri quando l'ho smistata!

- *Ce verimm Pasca! O 1000 subito o nunn facimme niente*

- *Vabbè, vabbè! Tiene, però faccimm na fummata, almeno a pruvamm.*

Detto questo presero alcune foglie che Pasquale arrotolò inumidendole con la saliva e dopo qualche minuto, riuscì ad accenderla. Erano persi nel fumo e i due ragazzi non si accorsero che due uomini, grandi e grossi, vestiti di scuro, si erano avvicinati di soppiatto:

- *Ue strunz che state facenn*!

- Chi site, che volete?!

In risposta ebbero due potenti cazzotti in pieno volto

- *Ue scem te stai fummann a robba nostra.*

- Che dite, io non ne so niente!

- No ne sai niente? – e diedero altri 2 cazzottoni a Vincenzo mentre Pasquale era ammutolito in un angolo.

- *Intanto sti sorde ce li prendiamo noi per compenso al danno che avete fatto e mò ci accompagni a prendere il resto.*

In quel mentre il cellulare squillò

-Non rispondere, anzi dammi qua- e strappato il cellulare di mano lo lanciò in mare.

Enzo e Luisa riaccompagnarono Eddy e Cindy all'hotel e poi, sotto casa disse Enzo alla moglie:

- Devo fare una cosa urgente al laboratorio, ci metto poco ma non voglio compromettere il lavoro di domani.

- Oh, mamma mia a quest'ora Enzo! Non è pericoloso? non puoi farlo domani?

- No, no, devo farlo ora perché se no la produzione domani non va avanti! Faccio in fretta non ti preoccupare. Non aspettarmi alzata.-

- Vabbè, portati almeno Dafne con te, ti farà compagnia e guardia

- Ok mandamela giù!

Dafne era il loro splendido esemplare femmina di dogo argentino, dal pelo corto e bianco con una macchia nera sul cranio; se il suo aspetto poteva incutere timore, di certo il suo carattere era buonissimo.

Enzo, baciata la moglie sulle labbra, attese l'arrivo del cane e, fattolo salire in auto, partì a tutta velocità verso Gragnano.

Giunto al laboratorio, cercò invano Vincenzo! Lo chiamò sul cellulare ma questi non rispose.

- *Ma a do cazzo sta*? Dovrò fare tutto da solo.

Presi i sacchi dalla cella frigo, li caricò in auto e si diresse verso Pozzano.

Giunto sulla spiaggia, radunò le piante in un mucchio e, controllato che nessuno potesse vederlo, diede fuoco alle frasche, mentre Dafne lo guardava ed abbaiava .

CAPITOLO 6- L'OMICIDIO

I due figuri caricarono a forza i ragazzi sulla loro auto e si diressero a tutta velocità al laboratorio della pasticceria di Enzo a Gragnano.
- *Avanti, strunz! Arapre sta porta*!

Tremante Vincenzo aprì la porta che dava sul retro del laboratorio; sospinti in malo modo all'interno, l'uomo che sembrava essere quello che comandava disse:

- Allora dove l'avete messa?

- E' nella cella frigo- disse tremante Vincenzo

- *E muovete! Addò sta*?

- Ecco è qui- e portatosi in un angolo del laboratorio, aprì la pesante porta d'acciaio.

- Qua dentro non ci sta niente!- E nel dire questo, con il calcio della pistola gli diede un tremendo colpo in testa .

- No ne so niente! Ve lo giuro! Evidentemente il mio padrone le ha portate via.- disse mezzo tramortito il povero Vincenzo.

- *'O vero? O pensavi di arricchirti alle spalle nostre? Avanti, parla, fa ambress!*

Piagnucolando Pasquale continuava a supplicare di lasciarli andare.

- *Mo m'hai rotto o cazz!*. – disse l'altro uomo e, estratta la sua pistola che portava il silenziatore, esplose un colpo ferendolo ad una gamba.

Un urlo lancinante di dolore riempì l'aria, mentre Vincenzo tremante e piangente, guardava il suo amico che si teneva la gamba da dove usciva un flotto di sangue.

- *Che cazz hai fatt'* ?

- E questi ci stanno pigliando per il culo! *Mò ci sbarazzamm e chisti duie sciem e vediamo se è vero il fatto del suo padrone.*

- *Statt nu poch quieto e fammi parlare con il boss*- detto questo prese il cellulare e, composto un numero, alla riposta disse:

- Capo le cose si mettono male; la roba non c'è e abbiamo un ferito.- e dopo aver avuto delle direttive, l'uomo disse:

- Come volete voi don Peppone!

A quel soprannome i due ragazzi capirono di essere veramente nei guai in quanto riconducibile al clan D'Apuzzo che, nell'area vesuviana, era sinonimo di efferatezza e crudeltà.

- Allora vediamo di lasciare un preciso indizio al tuo padrone!- e voltandosi di scatto esplose un colpo che centrò in piena fronte il povero Pasquale che si accasciò imbrattando di sangue la parete della cella frigo.

- *Noooo! Pasca' ...Pasca'*

- Sai scrivere , sì? E scrivi con il sangue del tuo amico: Vieni alla villa – Tremante e con la vista annebbiata dalle lacrime, Vincenzo scrisse quella frase sul muro.

Poi, preso un foglio scrissero : porta mezzo milione di euro e non chiamare la polizia altrimenti anche Vincenzo è morto!- e lo affrancarono sul petto inerte del povero Pasquale.

CAPITOLO 7- LUISA

Luisa a 40 anni era una donna nel pieno della sua bellezza; alta quanto Enzo, capelli biondi che tradivano le origini normanne, carnagione olivastra, formava con suo marito una splendida coppia. Aveva sposato Enzo dopo 5 anni di fidanzamento anche se si conoscevano da una vita, avendo frequentato, sin da adolescenti, le stesse scuole e le stesse compagnie giovanili. Aveva intrapreso studi liceali ed aveva conseguito una laurea breve che le aveva permesso di partecipare e vincere un concorso per insegnanti di ruolo in una scuola professionale della provincia. Sposata, aveva di buon grado accettato di andare a vivere con la suocera con la quale comunque, corrispondeva un sincero affetto quasi filiale, forse proprio perché aveva perso la sua in gioventù. Quell'affetto era contraccambiato in pieno tant'è che "nonna Anna" aveva cresciuto i due figli, Dalila e Mattia, che presto avevano ampliato la famiglia.
Quando il laboratorio di pasticceria aveva preso una piega quasi industriale, aveva deciso di abbandonare l'insegnamento per dare una mano all'azienda di famiglia così come, nel tempo libero, i due figlioli ormai adolescenti andavano a dare il loro contributo.

Lei ed Enzo si erano suddivisi i compiti ed i tempi per gestire al meglio l'attività che ormai contava anche la presenza di 10 operai. Normalmente Luisa apriva presto il laboratorio, prima che arrivassero gli operai, controllava che tutto fosse in ordine e pulito, accendeva le macchine e poi si portava nella parte dedicata alle vendite, dove vi era un piccolo ufficio. Qui controllava gli ordini ai fornitori e compilava i registri da portare al commercialista.

Enzo non aveva detto nulla del ritrovamento della marjuana nella villa di Aurano, più che altro per non spaventarla.

- Enzo, io vado ad aprire- disse dando un bacio veloce sulle labbra al marito.- Hai fatto tardi ieri sera e tenevi della sabbia sotto le scarpe che hai portato in casa. Ma che hai fatto si può sapere?

- E che ne so! Ah no, ho fatto fare un giro sull'arenile a Dafne che doveva fare i suoi bisogni, sicuramente sarà così!

- Vabbè ci vediamo dopo.-

Passata a salutare la suocera, che ancora si rigirava nel letto, prese la borsetta e le chiavi della sua Mini ed uscì chiudendosi la porta alle spalle.

Anche se erano solo le 7 del mattino, un intenso traffico animava le vie di quella città che era perennemente immersa nel chiassoso caos urbano. Motorini e moto di grossa cilindrata zigzagavano tra le auto che procedevano lentamente incolonnate e nell'aria si sentiva l'odore di tutti quei gas di scarico, forse anche a causa della bassa pressione atmosferica, che sembrava far stagnare sulla città un ammasso di nuvole grigie.

Ci mise quasi un'ora per giungere al laboratorio; parcheggiata l'auto nelle vicinanze del retro bottega, distrattamente cercando le chiavi del portoncino, rimase sbalordita quando lo trovò socchiuso.

Impaurita ma determinata a capire se dei ladri si fossero nottetempo introdotti, spalancò il portoncino. Fatti pochi passi si trovò la porta della cella frigo aperta e l'orrenda scena dell'omicidio.

- Ahhhhh! *Maronna mia*! - E quasi svenne dallo spavento. Tremando e singhiozzando, riuscì a mala pena a trovare il cellulare nella borsetta e compose il numero del telefono di Enzo.

- Enzo! Aiuto! Vieni subito

- Pronto! Luisa ..che c'è?

Gridando:- **Vieni subito! Qui c'è un ragazzo morto ammazzato**- e ruppe in un pianto irrefrenabile.

Enzo, vestitosi in un battibaleno, raggiunse "nonna Anna" nella sua stanza:

- Mammà devo uscire subito! Guarda che i guagliun vadano a scuola

-Enzo, *che è succiess a mammà*?

- Non ti preoccupare mamma, tutto a posto... *è na cosa giù al laboratorio*!

Uscito, mentre si recava velocemente all'auto parcheggiata nel box vicino casa, ansimando, compose il numero di Eddy il quale, con voce impastata dal sonno, rispose dopo qualche squillo

- *Uè* Enzo, che c'è? Non lo vedi che ore sono? Se tu devi andare...

- Deve essere successo un casino giù al laboratorio- lo interruppe Enzo

- Che casino?

- Mi ha chiamato Luisa e dice che c'è un ragazzo ammazzato.

- Non farle toccare nulla! Passami a prendere che andiamo insieme

- Due minuti e sono all'albergo! Fatti trovare fuori

Chiusa la comunicazione con Eddy, richiamò Luisa

- Pronto Amore, sto arrivando con Eddy! Non toccare nulla mi raccomando

- Enzo, ma che sta succedendo? Questi si sono presi pure a Vincenzo! E dicono che vogliono mezzo milione di euro!

- Non lo so Luisa, non lo so! Ma risolviamo tutto stai tranquilla, calmati ti prego.

CAPITOLO 8- SALVARE VINCENZO

- Eddy, ho paura che l'omicidio al laboratorio sia legato alla marjuana!- disse Enzo mentre velocemente, senza rispettare semafori e precedenze, aveva preso la strada per Gragnano.
- Perché pensi questo?

- Perché ho fatto forse un casino! Non ero convinto del nostro piano e quindi ero tornato con un mio operaio alla villa e mi sono disfatto dell'erba bruciandola. Luisa mi ha detto che hanno preso Vincenzo, l'operaio che mi ha dato una mano, e hanno lasciato una richiesta di mezzo milione.

- *You are crazy*! tu sei pazzo!! Così non sai contro chi ci siamo messi! E se hanno ammazzato, questi sono veramente pericolosi!

Nel frattempo, arrivati al laboratorio si precipitarono all'interno dove trovarono Luisa ancora tremante e piangente, appoggiata alla parete d'ingresso. Poco più in là, all'interno della cella frigo aperta, si intravedeva il cadavere di un ragazzo.

Enzo l'aiutò ad alzarsi e l'abbracciò

- Siamo qui amore, siamo qui.

- Enzo ma che hai fatto? Perché ce l'hanno con noi? Chi sono questi? **DEVI DIRMELO ADESSO**- disse quasi gridando

- Calmati Amore, calmati! Eddy diglielo anche tu che non ho fatto nulla di male!

- Sì Luisa, forse solo una stupidaggine, ma che evidentemente ha scatenato questo casino. Enzo ma tu sai chi è questo ragazzo?

Enzo si affacciò e vide con orrore il cadavere accasciato di Pasquale con il foro di entrata del proiettile, al centro della fronte, oramai con un sangue scuro coagulato. Sul muro la scritta pasticciata con il sangue della vittima e sul petto del ragazzo il messaggio intimidatorio.

Enzo soffocò un urlo con le mani sulla bocca, poi:

- *Uh marronna mia! E chist chi è*?

- Non hai idea di chi sia?

- No te lo giuro!

- Ma se è qui e se ha quel biglietto, vuol dire che conosce Vincenzo.

Luisa che si era affacciata anch'essa alla cella frigo disse:

- Io chiamo la polizia!

- No! Non farlo! Metteremmo in pericolo la vita di Vincenzo- disse Eddy

- Lo faremo quando abbiamo capito qualcosa di più di questa faccenda, di come possiamo uscirne senza che nessuno si faccia male.

Vincenzo era disteso sul sedile posteriore dell'auto mezzo intontito dalle percorse subite, terrorizzato dopo la morte crudele del suo amico e sotto minaccia della pistola che l'assassino, seduto sul sedile del passeggero, gli puntava contro. A tutta velocità avevano preso la strada che conduceva ad Aurano diretti alla villa di Enzo. Giunti nelle vicinanze, entrarono in una stradina laterale sterrata che terminava con un cancello di una proprietà agricola che un uomo, all'arrivo dell'auto, si affrettò ad aprire velocemente. Il terreno, tutto delimitato da una recinzione oscurata era coltivato a frutteto, per ingannare chi eventualmente dall'alto avesse osservato sorvolando la zona, ma in un ampio appezzamento, coperto da teloni a mo' di serra, vi era la coltivazione della marjuana. Solo un piccolissimo capanno per attrezzi era posizionato alla destra del campo non distante dal cancello di ingresso.

- *Ciro, noi andiamo alla villa ad aspettare chill' che sa fottuta a robba*- disse l'uomo che era sceso dal posto di guida, mentre il suo compare, a forza, trascinò fuori dall'auto il malconcio Vincenzo.

- *Vabbuò Edoa! Uè Peppì che t'ha purtat appress*?

- *Nu sacc e letame ma pe diman sta a concimma u' terren.*

Edoardo, preso un "piede di porco" dal capanno si avviò seguito da Peppino e Vincenzo verso l'attigua villa. Arrivati davanti al cancello, percorsero un tratto laterale del muro di cinta e giunti in un anfratto, nascosto dalle frasche, raccolsero una scala che appoggiarono nel punto dove il muro era alto solo 1 metro e mezzo. Saltati aldilà, Peppino che fu l'ultimo a scavalcare, tirò su la scala e la posò dall'altra parte, perché sarebbe servita poi per il rientro. Fu un attimo riaprire il cancello a fisarmonica con il "piede di porco" e giunti all'interno si portarono direttamente giù nella taverna; presa una corda, legarono, ad un pilastro portante, il povero Vincenzo dopo averlo fatto sedere per terra; dopodiché, prese due sedie si sedettero un po' in disparte ma comunque in modo da avere sott' occhio tutto il locale.

- *E mo vediamo quann vene il tuo padrone e che ce porta!*

Nel frattempo Eddy pensava velocemente a come agire

- Eddy come possiamo liberare Vincenzo? Che pensi di fare?- chiese uno spaventato Enzo, pallido in volto, mentre teneva stretta a se la singhiozzante Luisa.

- Ora accompagniamo in albergo Luisa così che resterà in compagnia di Cindy, prendiamo un borsone che riempiremo di giornali e intanto prendo una cosa che ci potrà servire- e fece un occhiolino d'intesa per non far spaventare ulteriormente la cugina- poi ti dirò il mio piano.

- Ok facciamo presto!

Arrivati all'hotel andarono in camera dove Cindy, seduta in una delle poltroncine del balcone, stava leggendo un libro.

- Ehi ragazzi, che succede che vi vedo tutti tesi?

Eddy velocemente la mise al corrente degli eventi mentre, preso dall'armadio un borsone, lo riempì di riviste che aveva trovato alla reception ed in camera. Da un cassetto sotto degli indumenti, prese la sua P38 e controllò che fosse carica; Cindy, che si era accorta della cosa, disse piano:

- Cosa intendi fare con quella?

- Nulla, ma non si sa mai e se le cose si mettono male non voglio trovarmi impreparato.- Poi rivolto anche a Luisa:

- Fra 1h chiamate la polizia e fateli andare alla villa. Se siamo riusciti a liberare Vincenzo bene, prenderanno solo quei delinquenti, altrimenti vorrà dire che abbiamo veramente bisogno del loro aiuto.

- Enzo, hai modo di avere un bel po' di contanti per mascherare il contenuto del borsone?

- Sì, in una cassetta di sicurezza della banca ho 50.000 € in tagli da 50€, giusto per non lasciarli sul conto corrente ed averli a portata di mano per ogni evenienza.

- Benissimo, andiamo a prenderli.

Detto questo uscirono in fretta dall'hotel diretti alla banca .

CAPITOLO 9 – PEPPONE 'E NOLA

Giuseppe Scarantino detto Peppone 'e Nola, per le origini in quella cittadina dell'entroterra della città metropolitana di Napoli, aveva sin dalla tenera età dimostrato un carattere duro e la completa mancanza di empatia verso qualsiasi essere vivente.
Era poco più che quindicenne quando era stato rinchiuso nel carcere minorile di Nisida per ferimento con arma da taglio, di un coetaneo alla festa dei gigli di Nola.

Questa festa, famosa in tutta l'area campana, prende origine dal culto di San Paolino vescovo; la leggenda vuole che nel 431, liberato dalla prigionia assieme ad altri nolani in schiavitù, tornò al suo paese accompagnato da navi cariche di grano, sbarcando sulla spiaggia di Torre Annunziata. I nolani accolsero il vescovo al suo rientro in città con dei fiori, dei Gigli per l'esattezza, e lo scortarono fino alla sede vescovile. In memoria di quell'avvenimento Nola ha tributato nei secoli la sua devozione a San Paolino portando in processione ceri addobbati posti su 8 torri piramidali di legno la cui altezza è di 25 metri con base cubica di circa tre metri per lato, per un peso complessivo di oltre venticinque quintali più una barca, che simboleggia il mezzo con cui San Paolino è tornato a Nola. Giunta poi ogni torre, denominate appunto "gigli", davanti alla cattedrale, incomincia uno strano spettacolo, perché ognuna di quelle moli grandiose danza a suon di musica. Davanti ai portatori un uomo con un bastone batte il tempo, e le torri lo seguono. L'elemento portante è la "borda", un'asse centrale su cui si articola l'intera struttura. Le "barre" e le "barrette" (in napoletano varre e varritielli) sono le assi di legno attraverso cui ogni Giglio viene sollevato e manovrato a spalla dagli addetti al trasporto. Questi assumono il nome di " cullature", nome che deriva probabilmente dal movimento oscillante prodotto simile all'atto del cullare. L'insieme dei cullatori, di norma 128, prende il nome di "paranza".

Il giovane Peppone frequentava l'oratorio della cattedrale della Santa Maria Assunta, non per fede ma perché unico punto di ritrovo e gioco dei "ragazzini di strada", e aveva lì iniziato a tiranneggiare gli altri compagni.

Peppone sapeva che era un onore far parte dei "cullatori", ma non era stato scelto nonostante avesse fatto di tutto, quasi minacciato Don Francesco, incaricato a redigere i nomi dei volontari: al suo posto aveva preso Catellino, robusto sedicenne ma dal docile carattere.

Era la sera del 21 Giugno, antecedente alla processione:

- *Catie, lievete a miezz e falle fa a me o' cullatore*

- Ma che vai dicendo Peppone, Don Francesco ha dato a me l'incarico!

- *E tu dincell che non stai buone, ed io ti sostituisco.*

- *No Peppone io lo voglio fare e tu lassem perdere.*- e fece per voltarsi ma Peppone, con uno strattone, lo fece rigirare e con un gesto rapido gli conficco la lama del suo coltello all' altezza del fegato. Per fortuna la ferita non si rilevò mortale, ma per Peppone si aprirono le porte del carcere e l'inizio della sua avventura nella malavita.

Adesso a 35 anni compiuti, ripercorreva con la mente quegli inizi che lo avevano portato a farsi conoscere nell'ambiente malavitoso fino ad aggregarsi al clan D'Apuzzo in qualità di "capo mandamento" dell'area Gragnanese.

Era già diventato un gregario di spicco riconosciuto per la sua efferatezza e capacità di eseguire gli ordini, anche quelli più cruenti, senza esitazione.

Nella zona di Gragnano e Lettere, gestiva gli affari del clan tale Aniello Di Martino che divenne l'obiettivo di Peppone, il quale aveva nelle mire di prenderne il posto.

Don Aniello aveva come principali affari il giro della prostituzione e dello spaccio di droga, che gli giungeva tramite il clan, e tratteneva il 40% dei proventi come stabilito. Periodicamente si incontrava con gli altri capi mandamenti alla villa dei D'Apuzzo per regolare i conti. Ora Peppone doveva fare in modo di screditare, agli occhi di tutti, la figura del Di Martino ed escogitò un'espediente che si rivelò efficace.

Il giorno dell'incontro al vertice, con due suoi gregari ben mascherati e con giubbotti antiproiettile, rapinò in uno scontro a fuoco senza vittime, il Di Martino il quale non poté quindi regolare il clan per quanto spettava loro.

Poi mandò in giro i suoi uomini a spendere i soldi della rapina, lasciando intendere che era opera della magnanimità di Don Aniello. Quando già la voce girava ormai con insistenza, si presentò egli stesso alla villa D'Apuzzo per denunciare il fatto.

- Don Michele, voi avete sentito cosa si dice su don Aniello?

- Sì, Peppone e tu che dici?

- I rapinatori saranno stati pure di scarsa mira, *ma cumm'è che non hanno accis a Don Aniello e la sua scorta*? *E manco loro hanno ucciso nessuno.*

- Allora secondo te è d'accordo?

- *Pe' me è nu Giuda*- e sputò per terra.

- Vedi tu Peppone! *Fallo parlare a chill'omm e niente e dopo il suo posto è tuo.*

Fu così che in una stradina che portava nelle campagne di Gragnano, dove il Di Martino aveva un terreno coltivato a vigneto, ne venne ritrovato il corpo esamine trivellato di colpi.

CAPITOLO 10 – LO SCAMBIO

– Genna' prendi la macchina e portami alla villa di Aurano che voglio vedere che stann cumbinann chill duie stronz'.- Disse Peppone al suo guardaspalle.
Arrivati alla villa ordinò di far saltare la serratura del cancello per poi entrare comodamente con la macchina che venne parcheggiata in un angolo del cortile.

Avvertito dell'arrivo del boss, Edoardo si affrettò ad andargli ad aprire l'ingresso ed accompagnarlo nella taverna dove era tenuto legato Vincenzo.

- *Mo mi dovete dire : che dobbiamo fare*?

- In che senso capo? Quando arriva il Sig. Enzo con i soldi facciamo lo scambio e....

- *O' vero? Con questo che v'ha visto in faccia a tutt' e duie?! Appena ricevuti i soldi dobbiamo liberarci di tutti.*

- Come volete voi don Peppone.

Enzo ed Eddy sostarono l'auto in prossimità della villa, in un punto nascosto alla vista ma facilmente raggiungibile una volta che fossero usciti velocemente dal cancello principale.

- Enzo, seguiamo il piano che ti ho detto, mi raccomando stai tranquillo e vedrai che andrà tutto bene.

- Ok, vado; siamo nelle tue mani!- e dopo essersi abbracciati si divisero.

Arrivato davanti all'ingresso a saracinesca, Enzo gridò:

- Io sono qui ed entro appena nell'ingresso dove faremo lo scambio!

- Venite giù che saremo più comodi

- Non se ne parla, è qui alla luce che voglio vedere Vincenzo!

Ad un cenno di assenso di Don Peppone, Edoardo disse :

- *Ok veniamo su ma se vediamo che c'è la polizia con voi, l'accerimm comme nu cane!*

- Sono solo, ve lo giuro, come mi avete detto; ho solo il borsone con i soldi.

- *Iamm a vede-* disse Don Peppone facendo segno di liberare Vincenzo che, in malo modo, venne sospinto su dalle scale a raggiungere il salone.

- *Allora sti soldi*?

- Sono qua dentro! Venite un po' più avanti, liberate Vincenzo e mandatelo da me, e io vi lancio il borsone.

- *No prima vediamo i soldi! O t'accerimm subito*!

- Non credo! Vi servo vivo ora perché se poi i soldi non ci sono, con chi ve la prendete?

Ancora ad un cenno di assenso di Don Peppone, Vincenzo venne sospinto verso Enzo.

- Getta il borsone ora!

Enzo, con un gesto rapido ma non eccessivamente forte, lo lancio appositamente a metà strada, costringendo i tre a portarsi più avanti in un punto completamente scoperti.

Don Peppone si chinò ad aprire il borsone mentre gli altri due tenevano sotto mira Enzo e Vincenzo il quale si era spostato alle spalle del suo capo.

- *Ma ci stanno tutti? Famme vere buone!Azz ma chist...-* non finì la frase che da un angolo nascosto partirono colpi di pistola a mirare alle gambe dei tre delinquenti centrandoli perfettamente. Don Pasquale fu il primo a rispondere al fuoco, pur strisciando per terra a cercare un riparo dietro al montante della porta d'ingresso. Enzo e Vincenzo, abbassandosi e correndo a zig zag cercarono di portarsi velocemente fuori tiro.

Edoardo riuscì a rialzarsi in piedi e, strascicando la gamba ferita, cercò di seguire i fuggiaschi sparando colpi a raffica e riuscendo a colpire di striscio il braccio di Vincenzo il quale, per la ferita riportata, cadde per terra, con Enzo che tentava di sorreggerlo.

Proprio mentre Edoardo stava per sparare un altro colpo che sarebbe andato probabilmente a bersaglio, fu a sua volta raggiunto da un proiettile che lo centrò mortalmente in pieno petto, sparato dal commissario di polizia Gargiulo.

Mentre Don Peppone e Peppino continuavano a scambiarsi colpi di pistola con Eddy che rimaneva opportunamente coperto, echeggiò l'invito del commissario:

- Fermi tutti, arrendetevi, siete circondati! Gettate le armi ed uscite a mani alzate!

I due si resero conto che ormai era finita e non opposero più resistenza.

- Uè, guarda chi abbiamo qui! Nientemeno che Don Peppone 'e Nola.

- Commiss', per voi oggi può sembrare un gran giorno, ma avete poco in mano...questo era solo uno scambio, diciamo, di favori. Vedrete che il mio avvocato mi farà uscire prima che voi vi ritirate stasera a casa vostra. *Ma ora faccimm ambress e fateme purta all'ospedale.*

- *Peppo' a me me veme voglia e nun achiamm l'ambulanza! E poi verimm se esci, con il morto trovato a Gragnano!*-poi rivolto a suoi- portate via sti due!

Eddy uscì da dietro l'angolo dove era nascosto alzando le mani e mostrando la pistola.

- E voi chi siete? Gettate l'arma e avvicinatevi!

- E' mio marito!- disse Cindy correndo incontro al gruppo di agenti che accerchiava il gruppetto.

- *Uh Maronna mia, e voi chi siete? Che ci fate qua?*

- E' mia moglie- disse Eddy che, dopo aver gettato l'arma si avvicinò sempre a mani alzate.- E' lei che vi ha chiamato!

- Sì, ma non mi avete ancora detto chi siete?

- E' mio cugino, *commissa*

- *Oiccann a nate,* e voi chi siete?

- E' mio marito!- disse Luisa che aveva raggiunto Cindy

- *Ue ue voi mi vulite fa asci pazz?* Mo ci rechiamo in questura e chiariamo tutto.

CAPITOLO 11- COMINCIA LA VACANZA

Era una splendida giornata con un cielo terso senza nuvole e un sole caldo bruciava la pelle.
Dai Giardini di Augusto di Capri, in un angolo di sosta, Cindy ed Eddy stavano ammirando lo spettacolo della vista dei Faraglioni che spiccavano dall'azzurro del placido mare .

Avevano appena goduto di un aperitivo nel frequentatissimo bar centrale della Piazzetta e Cindy era rimasta affascinata da quella immensa folla variopinta che l' affollava. Ora stavano solo attendendo che giungesse l'ora per recarsi al ristorante La Terrazza di Lucullo dove un premuroso Enzo aveva prenotato un tavolo a loro nome, per sdebitarsi dell'aiuto ricevuto.

- Beh, questa meraviglia mi ripaga abbastanza delle paura che mi hai fatto correre- disse Cindy guardandolo teneramente negli occhi e cingendogli la vita.

- E non sarà solo questo! Abbiamo ancora Ischia, Amalfi, Positano, Pompei..

- Vabbene, ma niente più sparatorie!

- No, Amore! Te lo prometto, stiamo lontani da Enzo- e ridendo suggellarono quel momento con un lungo e tenero bacio.

POSTFAZIONE

A RACCONTARE LE BELLEZZE DI CASTELLAMMARE DI STABIA E DELLA PENISOLA SORRENTINA HANNO GIA' PROVVEDUTO SCRITTORI BEN PIU' TITOLATI DI ME, IO LI HO SOLO DESCRITTI PER COME LI HO NEL CUORE.

RINGRAZIAMENTO

AI MIEI CARI CUGINI CHE MI HANNO ISPIRATO ED A COLORO CHE VOGLIONO LEGGERMI

RINGRAZIAMENTO

Lorem ipsum dolor sit amet, consectetur adipiscing elit, sed do eiusmod tempor incididunt ut labore et dolore magna aliqua. Ut enim ad minim veniam, quis nostrud exercitation ullamco laboris.

INFORMAZIONI SULL'AUTORE

Giovanni Carrese

68 enne pensionato ex dirigente d'azienda da sempre un viaggiatore con la fantasia che esprime con parole e disegni

LIBRI DI QUESTO AUTORE

La Rapina Del Secolo

L'ADRENALINA XHE SCORRE NELLE VENE PER REALIZZARE LA RAPINA PERFETTA SENZA USO DELLA VIOLENZA MA CON LA SOLA ARMA DELL'ASTUZIA

Un Caso Difficile Per Il Detective Murphy

PER ALAN LA STRADA E' STATA LA SUA SCUOLA DI VITA, LA VIOLENZA L'UNICA LEGGE CHE CONOSCE

La Morte Viaggia Sull'a1

LA TORMENTATA ADOLESCENZA, L'ABBANDONOMATERNO, LE CATTIVE COMPAGNIE AVEVANO FORGIATO IL SUO ANIMO; LE SUE BRAMOSIE ED IL SENSO DI ONNIPOTENZA LO AVREBBERO DISTRUTTO

Diego E Pulce

L'AMORE CHE NASCE TRA DIEGO E PULCE E' IL SENTIMENTO PURO CHE SANNO DIMOSTRARE SUBITO, SENZA REMORE, SOLO I BIMBI E GLI ANIMALI.

Printed in Great Britain
by Amazon

66899573R00037